ŒDIPE

OU

L'OMBRE

DE LAÏUS;

TRAGEDIE.

Le prix est de 24 sols.

A PARIS,

Chez
{
FRANÇOIS LE BRETON, Libraire, au bout du Pont-neuf, près la ruë de Guenegaud, à l'Aigle d'or.
JE. FR. JOSSE, Libraire-Impr. ordin. de S. M. C. la Reine d'Espagne II. Doüairiere, rue S. Jacques, à la Fleur de Lys d'or.
}

M. DCC. XXXI.

Avec Approbation & Privilege du Roy.

PREFACE.

SI dans Oedipe & Polibe j'ai retranché l'avanture du Sphinx, elle eſt remiſe en ſon entier dans Oedipe ou l'Ombre de Laïus. J'ai fait mourir dans la premiere, Oedipe & Jocaſte ſa mere & ſon épouſe le lendemain de leurs noces, & dans la ſeconde je les laiſſe vivre environ deux mois ; j'ai eu quelques raiſons d'en uſer ainſi. Oedipe dans Oedipe & Polibe a toujours vêcu près de ce dernier qu'il croïoit son pere, c'est-à-dire dans les grandeurs, dans les plaisirs, & dans tout ce qui flatte un jeune Prince. Ses premieres actions se trouvent deux forfaits énormes; & quoiqu'il n'en sçache rien, il est certain qu'il ne peut pas être assez-tôt puni. Comme l'histoire reçue est contraire à ma fable, on regardera ceci, si l'on veut, comme une instruction que j'ai pris la liberté de donner aux fausses Divinitez de l'antiquité, qui ayant à punir un pareil parricide, & un inceste si errible, ne devoient pas attendi des 20 à 25 ans pour le faire. Je l'ai laissé vivre deux mois dans Oedipe ou l'Ombre de Laïus. Ce Prince avoit été élevé auprès du Roy d'Argos ; mais il en avoit été congedié. Depuis, borné à être un compagnon d'Alcide, un Heros coureur, mais toujours un illuftre Avanturier ; puifque fes avantures s'étoient fi heureufement terminées, en obtenant la Couronne de Thebes, & la main d'une grande Reine ; il falloit lui donner un peu de joüiffance paifible pour s'accoûtumer à fa grande felicité, & que par-là fon malheur lui fût plus fenfible.

Aurefte, Oedipe dans tout le cours de cette piece eft toujours grand, toujours fort, toujours égal, & sa fierté ne se dément point même à l'instant de sa mort.

Il n'y a point d'exemple de Tragedie faite en si peu de tems que celle-ci, puisque moins de cinq semaines de suite me l'ont vu commencer & finir. Malgré le peu de tems que j'y ai emploïé, ceux qui la liront y trouveront assez d'art : Le sujet ne fournissoit pas beaucoup, il ne s'agissoit que d'évoquer des Enfers l'Ombre de Laïus pour convaincre Oedipe de ses crimes : Cette Ombre ne paroît qu'au 5° Acte, & je crois les quatre premiers assez bien fournis sans elle.

J'ai dit dans ma Preface d'Oedipe & Polibe, que je n'avois point les talens néceſſaires pour être Auteur ou Poëte. Je puis dire dans celle-ci que je ne ſçais ſi je ne ferai pas obligé de renoncer auſſi à la qualité d'amateur des belles lettres. Il eſt certain que je n'ai pas dans la pratique fait connoître que j'en ſçuſſe les regles; du moins ne les ai-je pas obſervées. Les belles lettres ne doivent point faire la principale occupation d'un homme : Après qu'on a donné le tems néceſſaire aux affaires, on peut mettre quelque heure par jour à cette étude. Il y a deux ans que cette Tragedie est faite : Lorsque je la fis, rien ne m'engageoit à la finir si promptement, & c'est avoir pêché certainement contre les regles de l'étude des belles lettres. Je ne puis m'excuser en ceci, qu'en admettant l'impromptu qui a part à ce qui entre dans la composition de ce qu'on appelle belles lettres : Mais le tems est aussi long pour l'impromptu, quand il dure trente trois jours, qu'il est court pour une Tragedie.

OEDIPE

ŒDIPE

OU

L'OMBRE

DE LAÏUS.

TRAGEDIE.

ACTEURS.

OEDIPE, Roy de Thebe.

JOCASTE, Reine épouſe d'Oedipe.

CRE'ON, Prince Thebain.

L'OMBRE DE LAIUS.

TIRESIE, Grand Prêtre.

NEBIS, Confident d'Oedipe.

CHARIS, Confidente de Jocaſte.

LICIE, autre Confidente de Jocaſte.

MEGASTE, Courtiſan.

La Scene eſt à Thebes dans le Palais du Roy.

OEDIPE

OU

L'OMBRE DE LAÏUS.

ACTE PREMIER.

SCENE PREMIERE.

OEDIPE, NEBIS.

OEDIPE.

EBIS, je l'avoûrai, j'ai long-tems en
    secret
De l'heureux Temirés vu le sort à re-
    gret.
Elevé près de lui dans la Cour de son
    pere,
Qui vouloit que son fils me regardât en frere,
Et le rapport d'humeurs formant entre nous deux,
D'une vive amitié les plus aimables nœuds,

A ij

Je vécus, ignorant jusques à ma naissance,
Sans voir qu'entre nous deux on mît de différence.
Les respects qui sont dûs à l'heritier d'un Roi,
Les vœux, l'empressement s'écendoient jusqu'à
　　　　　　　　　　　　　　　　(moi.

Si quelqu'un lui disoit, Prince, le sang vous donne
Avec toute équité cette grande Couronne,
Dans le même moment, le même m'assuroit
Que j'en devois trouver une en quelque autre en-
　　　　　　　　　　　　　　　　(droit.

Flatté par ces discours, nouri dans l'esperance
De réparer un jour le défaut de naissance,
De pouvoir jusqu'au Trône élever mes desirs,
Je sacrifiai tout, amusemens, plaisirs,
Et d'heroïques faits remplissant ma memoire,
Je me tournai d'abord du côté de la gloire.
Le plus grand des travaux fut leger à souffrir,
Je voulois meriter d'en pouvoir acquerir.
Tous mes progrès du Roy redoublerent l'estime,
Il vit avec plaisir mon dessein magnanime,
Et voulut, de son mieux aidant mes grands projets,
Par ses sages conseils en hâter le succès.
Mais quelque tems après ce Roy prudent & sage,
Craignit que contre moi son fils n'eût de l'ombrage.
Car je te le dirai, Temirés est vaillant,
Adroit, fort, courageux en ce qu'il entreprend.
Mais qui nous vit tous deux comprenoit bien sans
　　　　　　　　　　　　　　　　(peine,

Que jamais sa vertu n'égaleroit la mienne.
Ce Roy me dit un jour, Oedipe, il faut partir,
J'ignore de quel sang vous avez pû sortir.
Vous n'êtes point mon fils, vous meritez de l'être ;
Peut-être quelque jour vous pourrez-vous con-
　　　　　　　　　　　　　　　　(noître.

Je vous crois destiné pour le suprême rang,
La vertu remedie à tout défaut du sang.

Allez, n'oubliez point Temirés & son pere,
Et sur tout des Grands Dieux redoutez la co-
(lere.

A la fin résolu d'abandonner ces lieux,
Le Roy, son Fils, la Cour reçurent mes adieux.
Je partis, & bientôt la gloire la plus belle
Se fit sentir en moi par une ardeur nouvelle.
J'essaiai mon courage, & tout me réussit,
Ma force surmonta tout ce qu'elle entreprit.
Je vins, comme tu sçais, en cette Capitale,
Où regnoit dès long-tems une peste fatale,
Où le terrible Sphinx avoit sçu dévorer
Ceux qui contre ce Monstre osoient se mesurer.
Son Oracle expliqué, j'allai pour le combattre,
Je vis ce Monstre, & j'eus la gloire de l'abat-
(tre.

Le prix à son Vainqueur par le sort destiné,
Ce prix si grand, si beau me fut abandonné.
Jocaste, mon bonheur est trop grand, il m'é-
(tonne,
Avec moi partagea son Lit & sa Couronne.
Oui je goûte, Nebis, les plus parfaits plaisirs,
Et je crois n'avoir plus à former de desirs.
Mon bonheur est entier, ma gloire sans égale,
La valeur m'a donné la dignité Royale.
L'amour sçait ajouter le comble à mon bonheur,
Par ses contentemens il ravit tout mon cœur.
Jocaste, cette épouse aimée autant qu'aimable,
Affermit ce bonheur, qu'elle rendra durable.

NEBIS.

Et vous avez, Seigneur, de ces brillans succès
Instruit le Roy d'Argos & son fils Temirés.
C'est marquer à ce Roy votre reconnoissance
Des soins qu'il avoit pris d'élever votre enfance.

OEDIPE.

Sur le Trône Thebain depuis deux mois monté,
Oui, j'ai cru lui devoir cette civilité.
Ce Prince y prendra part, & verra sans envie
L'éclat que ces progrès promettent à ma vie.
Je n'ai pu jusqu'ici que le complimenter,
Par mes Ambassadeurs je veux le visiter,
Entretenir ensemble une correspondance,
Telle qu'elle convient à notre intelligence,
Et que déformais Thebe unie avec Argos,
Joüisse des douceurs du calme & du répos.
Pour son fils Temirés je suis toujours le même.
Sur mon front à présent je vois un Diadême,
Et le dépit secret que j'avois contre lui,
Quand j'ai le Sceptre en main, va cesser aujour-
                                        (d'hui.

Mais Jocaste paroît.

SCENE II.

OEDIPE, JOCASTE, CHARIS, NEBIS.

OEDIPE.

Qu'avez-vous donc, Madame ?
Qui peut causer ainsi ce désordre en votre ame ?
Votre chagrin doit-il durer auprès de moi ?
Le mien s'évanoüit d'abord que je vous voi.
Mais c'est à l'amour seul qu'il faut que je m'en
                                        (prenne,
Quand je vois vos douleurs, qu'il les souffre en ma
                                        (Reine.

Ne peut-il par l'excès de ses raviſſemens,
De ceux qu'il communique aux cœurs des vrais
                        (amans,
Apaiſer un chagrin qui n'a point de principe,
Qui, quand il en auroit, auroit à craindre Oedipe?

JOCASTE.

Quoique je ſois bien chere à mon illuſtre époux,
Mon mal ne peut ceſſer près de vous ni par vous.
Un Dieu vengeur punit cette Cour déſolée,
Du poids de ſon courroux elle eſt trop accablée.
Si quelqu'un des mortels peut y remedier,
C'eſt vous, Seigneur, c'eſt vous qu'il y faut em-
                        (ploier.
Vous nous avez fait voir par des preuves certai-
                        (nes,
Que rien ne peut braver vos vertus plus qu'humai-
                        (nes.
Le Monſtre en dernier lieu terraſſé par vos coups,
Ce fléau ſi terrible, épouventable à tous,
Dont déja tant de morts ſignaloient la furie,
A par tout pour jamais votre gloire établie.
Mais ici le peril étrange à concevoir,
Et d'autant plus affreux qu'on ne peut le prévoir,
Tombe ſur nous, alors que le moins on y penſe,
Et dénote par là la celeſte vengeance.
Que peut la force humaine envers un mal caché,
Et quel rémede envain n'y ſeroit pas cherché ?
La peſte ravageoit quelques coins de la Ville,
Mais en d'autres quartiers il étoit un azile.
Depuis notre hymen fait, Seigneur, depuis un
                        (mois,
Tout, tout de tous côtez eſt aux derniers abois.
Thebe, l'illuſtre Thebe, oùi cette Ville entiere
N'eſt plus qu'un grand ſepulchre, un vaſte cimetiére,
A iiij

Et j'ai sçu ce matin que même en ce Palais,
Trois de vos Officiers en souffroient les accès.
Seigneur, que ferons-nous ? Attendrons-nous la
                                        (peste ?
Nos efforts seroient vains contre un mal si funeste.

OEDIPE.

Si vous l'attribuez au celeste courroux,
S'il faut calmer les Dieux, qui le doit plus que vous ?
Pour moi j'ignore encor quels crimes ils imputent
A ceux que si long-tems leurs efforts persécutent,
Et crains peu que ces Dieux osassent me charger,
D'aucun forfait de ceux qu'ils cherchent à venger.
Mais vous, qui sur ces lieux dès long-tems Souve-
                                        (raine,
Pouvez bien mieux que-moi sçavoir d'où vient leur
                                        (haine,
Cherchez-en le remede, & je donne ma foi
Que vous l'aurez, pourvû qu'il dépende de moi.
Les Dieux ne doivent rien faire avec injustice,
Quels crimes croïez-vous que leur fureur punisse ?

JOCASTE.

Quoique le châtiment jusqu'à moi soit venu,
Le sujet de punir m'est encor inconnu.
Ce matin même encor, O disgrace fatale !
A peine quittiez-vous la couche nuptiale,
A peine le soleil avoit chassé la nuit,
Que j'ai cru dans ma chambre entendre quelque
                                        (bruit.
J'ai regardé partout, j'étois bien éveillée ;
Qu'ai-je apperçu ! mon ame en est encor troublée ;
J'ai vu, j'ai cru du moins voir l'Ombre de Laïus ;
Elle s'est presentée à mes sens éperdus,

Non comme Ombre de mort, non comme une
       (Ombre vaine,
Qu'une vision triste, une vapeur amene.
Mais j'ai cru distinguer & le ton de sa voix,
Et le visage & l'air, tel qu'il l'eut autrefois.
L'esprit tout étonné d'une telle merveille,
Le bruit de ses accens a frapé mon oreille.
Son mécontentement paroissoit dans ses yeux ;
Que dis-je, il me lançoit un regard furieux.
Revenuë à la fin de ma fraïeur extrême,
Je l'ai vu tout sanglant, & le visage blême.
D'un ton de voix affreux qui me remplit d'effroi ;
Cette Ombre de Laïus s'est adressée à moi.
Ecoute, a-t-elle dit, Jocaste infortunée,
Tu goûtes les douceurs d'un second hymenée,
L'outrage qu'il a fait à toutes tes vertus,
En dépit de tes soins ne s'effacera plus:
Tout autre hymen étoit plus conforme à ta gloire ;
Si j'eusse toujours seul resté dans ta memoire,
Les Dieux ne seroient pas chargez de te punir,
Et de ton Peuple enfin le mal eût pû finir.
A ces mots, que poussoit cette affreuse menace,
J'ai demeuré tremblante & plus froide que glace.
A la fin j'ai couru, Seigneur, pour l'embrasser,
Pour détourner les maux qu'il m'osoit annoncer.
Retire-toi, dit-il, va chercher ton Oedipe,
Lui seul de tous tes maux est le fatal principe.
Soudain il disparoît, & d'un trouble nouveau
J'ai senti des vapeurs offusquer mon cerveau ;
Tant qu'elles ont duré, soit douleur, ou bien
       (honte,
De mes divers pensers, je ne puis rendre compte.
A la fin j'ai sorti de mon trouble mortel,
Nous n'étions que nous deux, ah souvenir cruel !
Je ne sçais qui des deux donnoit la mort à l'autre,
Mais mon sang répandu, j'ai vu couler le vôtre.

A v

OEDIPE.

Ah ! rejettez , Madame , une vaine terreur ,
Dont cette vision accable votre cœur.
Ne vous affligez point , Jocaste , chere épouse ,
Ce reproche est un trait de sa flamme jalouse.
Pourroit-il convenir à nos communs liens ,
Lorsque la vertu seule en fournit les moyens ?
C'est elle qui me fit abattre un monstre horrible ;
Que l'on croïoit partout jusqu'alors invincible ;
C'est elle qui porta votre cœur genereux
A païer qui sauvoit vos peuples malheureux ;
C'est elle qui pour prix des plus parfaites flammes ;
Par les nœuds les plus doux voulut unir nos ames ,
Et formant les douceurs de nos feux mutuels ,
Me rend par notre hymen le plus grand des mortels.
Depuis quatre ou cinq jours , j'en ai fait la remar-
                                        (que ,
Vous m'avez plusieurs fois parlé de ce Monarque ,
Que Laïus fut tué , que vous donniez au sort
De ce qu'on n'avoit pû venger encor sa mort.
Quelques soupirs mêlez à tant de justes plaintes
Me montroient votre cœur en proïe à mille crain-
                                        (tes ,
Et la maligne ardeur de leurs impressions
Seule a fait naître en vous ces noires visions.
De vos vaines fraïeurs voila tout le principe ,
Croïez-en ma parole , & que , si votre Oedipe
Sçavoit à qui s'en prendre en ces durs contretems ,
De Jocaste bientôt les vœux seroient contens ;
Et qu'il couperoit tout jusques à la racine
Ce qui produit en vous cette guerre intestine.
Calmez - vous , & comptez sur les soins d'un
                                        (époux ,
Qui fait tout son bonheur d'être cheri de vous.

JOCASTE.

Seigneur , j'attends ici le retour de Licie ,
Vous vous en souvenez, par mes ordres partie ,
Elle doit aujourd'hui revenir en ces lieux ,
Et m'éclaircir enfin des volontez des Dieux.

OEDIPE.

Madame , vous pouvez écouter ce Miniſtre ,
Quand même il prédiroit quelque malheur ſiniſtre ;
Apprenez-le, & croïez qu'Oedipe ne craint rien ,
S'il s'agit, vous ſauvant , de ſauver tout ſon bien.

SCENE III.

JOCASTE, CHARIS.

JOCASTE.

QU e ces mots ſur le cœur d'une épouſe allarmée
Qui cherit ſon époux , qui ſçait en être aimée,
Font un effet puiſſant de la part d'un Heros ,
Qu'ils peuvent aiſément lui rendre le repos !
Jamais confuſion ne ſurpaſſa la mienne ;
Mais je ſens cependant diminuer ma peine.

CHARIS.

Entretenez , Madame , en vous ces ſentimens ,
Qu'ils vous cauſent toujours les plus doux mouve-
(mens.

Qu'il est doux pour un cœur après un grand orage,
De se voir dans le port à l'abri du naufrage !
Oedipe est un soutien, un merveilleux appui,
Et rien ne reste à craindre, à qui l'a près de lui.

JOCASTE.

Par un si digne époux ma crainte suspendüe.....
Mais qu'apperçois-je ? Enfin Licie est revenüe.

SCENE IV.

JOCASTE, CHARIS, LICIE.

JOCASTE.

Que viens-tu m'annoncer, ou la vie, ou la mort?
Parle, qu'as-tu tiré de la bouche du sort ?

LICIE.

Ah ! Madame, jamais sous de plus noirs auspices
Mortel aux Dieux puissans ne fit des sacrifices.
Ceux que je viens d'offrir par votre ordre à ces
(Dieux,

Ont paru leur déplaire & leur être odieux.
J'ai comme à l'ordinaire offert quatre victimes,
Qu'accompagnoïent les dons d'offrandes legitimes;
Pas une n'a montré par des signes certains
Qu'elle pût être propre à calmer les Destins.
La voix qui doit dicter les celestes augures,
S'est changée en bruits sourds, en d'horribles murmu-
(res,

A refusé long-tems de me les déclarer,
Jusques là que j'étois préte à me retirer.

Tôt après, mais d'un ton affreux & lamentable,
Le Prêtre a prononcé cet oracle effroïable.
  „ Après avoir achevé ton hymen ,
  „ Tu veux que le Destin en fasse l'examen.
  „ Il pourra t'être aussi funeste
  „ Que celui, qu'Apollon autrefois te prédit ,
  „ Qui vouloit que ton fils par un horrible inceste,
  „ Ayant tué Laïus fût reçu dans ton lit.
Madame , en apprenant ce trop cruel malheur ,
J'ai pensé succomber sous ma propre douleur ,
Et même en ce moment , où je vous le repéte ,
Confuse prés de vous de m'en voir l'interprête . . .

JOCASTE.

Hé bien , Charis, tu vois par ce triste rapport ,
Entre ma vision & l'oracle du fort ,
Que j'attendrois envain quelque fecours d'Oedipe .
Qu'il est de tous mes maux la fource & le prin-
                        (cipe.

Déplorable Jocaste ! O malheureux époux!
Maudirai-je l'instant qui m'unit avec vous ?
  „ Il pourra t'être aussi funeste
  „ Qu'un hymen qui joignoit l'homicide à l'inceste.
Grands Dieux ! expliquez-vous. Quoi croira-t-on
                        (jamais
Qu'on puisse imaginer de semblables forfaits ?
Un fils aura commis l'inceste avec fa mere,
Ce fils auparavant aura tué fon pere ;
Qui voudroit inventer des crimes au befoin ,
Ah Grands Dieux ! pourroit-il jamais aller plus
                        (loin ;
Où même pourroit-il en trouver de femblables,
Quand il en prédiroit , deviendroient-ils croïables ?
Laïus, qui pour Jocaste eutes tant d'amitié ,
N'est-il point chez les morts encor quelque pitié ?

Je fuis indignement par le fort outragée,
Tirez-moi de l'abîme où je me vois plongée.

CHARIS.

Les Dieux n'ont point affez déclaré leur fecret,
Et leur prédiction peut refter fans effet.
Forcez par vos vertus, au-deffus des difgraces,
Ils peuvent retirer leurs injuftes menaces.
Par vos foumiffions veüillez les appaifer ;
Pour en venir à bout, il fuffit de l'ofer.
Quand même aux plus grands maux vous vous ver-
(riez livrée,
La valeur d'un époux vous eft trop affurée
Pour....

JOCASTE.

Va trouver Créon & fais qu'il vienne ici,
Je veux que de l'Oracle après s'être éclairci,
Il me donne un avis, dont la fage prudence
Puiffe regler enfin ma trifte défiance.

ACTE II.

SCENE PREMIÈRE.

JOCASTE, CRE'ON, Suite.

JOCASTE.

DANS le trouble où je suis, je ne
  sçaurois penser,
Qu'à d'autres mieux qu'à vous je puisse
  m'adresser.
Créon, votre sagesse en ces lieux si vantée,
Sera toûjours par moi cherie & respectée ;
J'ai besoin de conseils, je les attends de vous ;
Le sort me fait sentir le poids de son courroux.
De l'ombre de Laïus, j'ai souffert le spectacle ;
A cette vision le sort joint un oracle.
L'un & l'autre est bien triste & bien cruel pour moi ;
Ne puis-je m'opposer à leur funeste Loi ?

CRE'ON.

Madame, vous sçavez que souvent un augure
Se plaît à nous tromper par sa feinte imposture,
Que les Dieux quelquefois veulent nous menacer,
Moins pour nous punir trop, que pour nous exercer,
Qu'un repentir sincere efface tous les crimes,
Qu'ils sont mieux expiez par là que par victimes ;

Qu'on peut auprès des Dieux meriter son par-
(don,
Lorsque d'un cœur soumis on leur offre le don.
Sans amour les succès près d'eux sont impos-
(sibles ;
C'est la foi qui les frappe & qui les rend flexibles,
Leur clemence est alors préte à nous raffurer.
Quels que soient leurs arrêts , craignez d'en
(murmurer ;
Mais par de grands respects , mais par votre con-
(duite,
Meritez auprès d'eux d'en éloigner la suite.

JOCASTE.

Je fers les Dieux , je fçais envers eux mon devoir ,
Pour les faire adorer j'ufe de mon pouvoir,
Je n'en ai point à craindre un reproche funefte ;
Mais ces Dieux ont ici partout femé la pefte ,
Le monftre, autres fleaux tout autant dangereux
Font voir tout leur couroux , combien il eft af-
(freux,
En cet état, j'ai dû penfer que leur colere ,
Pour des crimes publics caufoit tant de mifere ;
Obligée aujourd'hui de penfer autrement ,
Je me trouve expofée à leur reffentiment.
J'ai fait avec Oedipe un himen que la Ville ,
Que le peuple & la Cour, que tous croyoient utile.
Cet himen eft un crime , & Laïus & le fort
Pour me le reprocher font tous les deux d'accord.
Chacun connoît Oedipe , & l'on lui rend juftice ,
Il nous à tiré tous du fonds du précipice ;
On l'a mis fur le trône , on l'a mis dans mon lit ;
Mais Laïus & le fort en montrent du dépit.
Le croira-t-on jamais qu'un himen dont la gloire
A ferré les liens pour prix d'une victoire ,
Doive

Doive sur moi du sort rassembler les fureurs,
Et me mettre bientôt au comble des horreurs ?
L'Arrêt est prononcé, le sort parle sans feindre,
Je ne puis l'appaiser, pour moi tout est à craindre.
Voyons donc, cher Créon, si vos sages avis
Me feront éviter ces malheurs inoüis.

CRE'ON.

Quand les Dieux contre nous lancent quelque me-
(nace,
C'est à nous à leurs pieds d'aller demander grace,
Et de les appaiser par les vœux, par l'encens ;
Si ces vœux toutefois demeurent impuissans,
Il faut que devant eux l'on rampe jusqu'à terre,
Et d'un esprit soumis attendre leur tonnerre.

JOCASTE.

Je ne sçais point, Créon, quel sera le malheur,
Qui, par l'ordre des Dieux, me cause tant de
(peur ;
Ils ne s'expliquent point assez, & leur augure
Ne m'en a point encor déclaré la nature.
Mais je sçais qu'il doit être un malheur sans égal,
Qu'il sera pour Jocaste un jour aussi fatal
Que celui qu'annonçoit cet oracle funeste,
Qui pour elle & son fils ordonnoit un inceste:
J'en connoissois l'auteur, je cherchai du secours,
Le plus certain pour moi fut de trancher ses jours.
Je sauvai des horreurs toutes inévitables ;
Mais helas ! encor plus toutes inconcevables.
Laïus, c'est me traiter trop rigoureusement,
Si je perdis mon fils, c'est pour vous seulement.
Il falloit que sa rage un jour tuât son pere ;
Mais l'inceste avec moi n'étoit point necessaire.

Je pouvois , votre meurtre arrivant quelque jour ,
Demeurer toujours veuve , & sortir de la Cour ;
C'est votre intérêt seul qui força votre épouse ,
A prévenir du sort la fureur trop jalouse.
Aujourd'hui , je ne sçais où je dois m'adresser ,
Je vois que le destin vient de me menacer ,
Et c'est tout. Ah Créon ! veüillez donc me con-
(duire ,
De ce que je dois faire , enfin daignez m'instruire.

CRE'ON.

Madame , il faut encore avoir recours aux Dieux ,
Les forcer de parler , & de s'expliquer mieux ;
Ils ne s'offensent point quand le respect les prie ,
Allez donc de ce pas , allez chez Tiresie.
Des volontez des Dieux ce grand Prêtre informé ,
Pourra tranquiliser votre cœur allarmé.

JOCASTE.

Non. Pour cette visite un peu de répugnance ,
Me feroit en ces lieux souhaiter sa presence.
Plus libre pour parler & plus en sûreté ,
Contre tout ce qui part de sa séverité ,
Je pourrai par ses soins bien mieux être éclaircie ,
De ce qu'il faut tenter pour conserver ma vie ;
Veüillez me rendre encor ce service important ,
Créon , & devers moi conduisez-le à l'instant.

SCENE II.

JOCASTE, CHARIS.

JOCASTE.

CHARIS, nous allons voir arriver le grand
Prêtre,
Soïons dans le respect en le voïant paroître.
Ministre du Destin, Interpréte des Dieux,
Alors qu'il nous visite, il honore ces lieux.
Je veux que l'on le traite à l'égal de moi-même ;
Mais je vois mon époux & son désordre extrême.

SCENE III.

OEDIPE, JOCASTE, Suite.

OEDIPE.

MADAME, consolez un époux malheureux,
Victime du destin, de ses coups rigoureux.
Je ne puis revenir d'une telle surprise ;
Pourrai-je vous compter cette triste entreprise ?

JOCASTE.

Qu'avez-vous donc ! Seigneur, vous paroissez
(trembler ;
Votre grand cœur ainsi pourroit-il se troubler ?
B ij

OEDIPE.

Madame, je paſſois à cent pas de la Ville,
Mon eſprit s'occupoit d'un penſer vain, ſterile ;
Un homme devant moi s'eſt offert bruſquement,
Malgré moi m'a forcé de l'entendre un moment.
Bientôt pour ton malheur tu ſçauras ta naiſſance,
Tremble, Prince, a-t-il dit, & ta grande puiſſance
Ne peut te garantir de ce que je prévoi,
Le moindre de tes maux, c'eſt de n'être plus Roi.
D'un inſolent diſcours j'allois punir l'audace,
J'ai ſenti tout-à-coup mon cœur rempli de glace.
N'importe, je voulois lui donner le trépas,
Une inviſible main m'a retenu le bras.
Par trois fois j'ai levé le glaive ſur ſa tête,
Et je voulois l'abattre, envain, & l'on m'arrête;
J'en ai frémi, j'en ſuis encor tout aux abois,
Le trouble eſt dans mon cœur pour la premiere fois.
Oedipe malheureux ! tu ſouffres qu'on te dompte,
Ton ennemi t'échappe, en as-tu moins de honte !
Si tu n'es pas vaincu, ſens du moins le malheur,
Quand tu veux te venger, de n'être pas vainqueur.
Mais quoi ! de tout ceci quel eſt donc le myſtere ?
Je ſçais qu'un grand mépris en eſt le vrai ſalaire.
J'en garde cependant un triſte ſouvenir ;
Commencez-vous par là, grands Dieux, à me punir?

JOCASTE.

Oüi, les Dieux ont, Seigneur, juré notre ruine,
Le Ciel vous perſecute, & le ſort m'aſſaſſine.
Licie eſt de retour, ah diſcours ſuperflus !
Le ſort eſt contre nous d'accord avec Laïus.
Ce que m'avoit dit l'un, eſt confirmé par l'autre,
Ils menacent ma vie, épargnent-ils la vôtre?

Non, Seigneur, je les crois ces Dieux & je les
(crains,
Ces Dieux, des plus grands Rois, immortels fou-
(verains,
C'eſt parce que je ſçais & les croire & les craindre,
Qu'ils s'ouvrent plus à moi, qu'ils me parlent ſans
(feindre.
Pour vous, que leur bonté, mais ſans vous épargner,
Veut, pour premier début, ſeulement étonner,
Dans cette émotion que vous laiſſez paroître,
Ne ſentez-vous pas bien qu'elle part d'un grand
(Maître ?
Pour la premiere fois, quel changement en vous ?
D'une eſpece de peur vous reſſentez les coups.
C'eſt l'ouvrage des Dieux, contre qui point d'audace,
Contre qui ne rien dire, à qui demander grace,
Et de qui, non contre eux, implorer le ſecours,
Mais contre les malheurs qui menacent nos jours.

OEDIPE.

Quel ſecours un mortel, que leur pouvoir condamne,
Peut-il attendre d'eux ? Sa demande eſt prophane.
Ils prédiſent un mal ſans dire quel il eſt,
Quand, ni par quel moyen, ni comment il leur plaît
Qu'il arrive à celui, que pourſuit leur vengeance ;
Il vaudroit mieux chercher à ſe mettre en défenſe.

JOCASTE.

Elle eſt vaine.

OEDIPE.

Il faut donc ſoumettre de bon gré
Notre puiſſance au mal qui nous eſt préparé.

JOCASTE.

Sans doute , & c'est à quoi nous devons nous résou-
(dre ,
Seigneur, un cœur soumis peut arrêter la foudre.

OEDIPE.

Mon hymen avec vous si rempli de douceurs
Vous doit causer un jour les plus grandes horreurs.
Ces horreurs parviendront jusques à votre Oedipe ,
Il sera de vos maux la source & le principe.
Je serois le plus grand de tous les criminels ,
Si je suis , si je crois ces puissans Immortels.
J'accepterois des Dieux cet augure impossible !
Notre consentement le rendroit plus terrible.
La crainte où vous seriez d'en voir le triste effet ,
Lui donneroit toujours quelque progrès secret ,
Et , rejettant sur moi la faute des Dieux même ,
Pousseroit contre moi votre haine à l'extrême.
Tant de soumission perd ce qu'on veut sauver ;
Le premier interêt est de se conserver.
Respectons des grands Dieux les loix toutes puissan-
(tes ,
Mais faisons , s'il se peut , qu'elles soient moins pe-
(santes.

JOCASTE.

Créon va m'amener un Ministre des Dieux ,
Seigneur , nous allons voir Tiresie en ces lieux.
A ses grandes clartez on sçait que rien n'échape ,
L'embarras de sa Reine & le touche & le frape.
Je vais presser son art de découvrir pour moi ,
Tout ce qui peut parer tant de sujets d'effroi.

OEDIPE.

Ce grand Prêtre en ces lieux vient à votre priere ;
Quel est votre dessein ? Est-il donc necessaire
Que tout le monde soit instruit de vos malheurs ?
Vous en dira-t-il plus, qu'on n'en a dit ailleurs ?

JOCASTE.

Je crois que son sçavoir peut remplir mon attente.
Vous, honorez en lui les Dieux qu'il represente.
Engagez-le, Seigneur, par de bons traitemens,
A nous donner bientôt des éclaircissemens,
Qui puissent adoucir l'excès de notre peine......
Mais le voici déja que Créon nous amene.

SCENE IV.

OEDIPE, JOCASTE, CREON, TIRESIE, Suite.

JOCASTE.

JE vois avec plaisir Tiresie en ces lieux.
Interprête sacré des volontez des Dieux,
Qui voïez l'avenir, & sçavez le prédire,
Obtiendrai-je de vous tout ce que je desire ?

TIRESIE.

Que le Roy, que la Reine absolus sur nos cœurs,
De tous leurs ennemis redoutables vainqueurs,

Par des prosperitez l'une à l'autre enchainées,
Joüissent du bonheur des longues destinées.

JOCASTE.

Laissons là ces respects , dans le tems que je crains
Les plaintes de Laïus , & les coups des Destins.
Vous , habile en votre art , & qu'un beau zele anime,
Vous , qui devez des Dieux avoir gagné l'estime ,
Qui connutes toujours leurs plus secrettes loix ,
Daignez remplir mes vœux , & répondre à ma voix.
Quand vous offrez aux Dieux les plus grands sacri-
(fices ,
Paroissent-ils vouloir vous être un peu propices ?
Et , lorsque les Destins par vous sont consultez ,
Daignent-ils témoigner pour nous quelques bontez ?

TIRESIE.

Les Dieux jusqu'à present ont reçu mes offrandes ;
Ils ne dédaignent point d'écouter mes demandes ;
Ils semblent même assez favorables pour ceux ,
Pour qui mon art s'emploie , & dont j'offre les
(vœux.
Mais les Destins , Madame , ont peine à me répondre,
Tout , losque je leur parle , est prét à me confondre.
De lamentables voix sortent pour me fraper ,
Pour trois ou quatre mots qu'ils laissent échaper.
Pour moi , j'aimerois mieux qu'un long & plein
(silence
Nous témoignât toujours la même repugnance.
Etonné d'un refus que je souffre à regret ,
J'ai tenté de sçavoir quel en est le sujet.
Tout ce que ma science a de plus autentique ,
Tous les secrets de l'art , j'ai tout mis en pratique ,
Pour

Pour forcer les Deſtins de déclarer pourquoi
Leur rigueur témoignoit ſi peu d'égards pour moi.
J'ai ſçu d'eux à la fin tirer cette nouvelle :
Les Deſtins ſont contents de ta foi, de ton zele,
Et par leurs longs refus tu n'es point outragé,
Cherche leur cauſe ailleurs, Laïus n'eſt point
(vengé.

OEDIPE.

Pourquoi ne l'eſt-il pas ? Vous, Créon, que la
(Reine
Choiſit pour diſpenſer ſes loix de Souveraine,

CRE'ON.

Après ce grand malheur l'Aſſaſſin s'eſt ſauvé ;
Quoiqu'on ait fait depuis, on ne l'a point trou-
(vé.

JOCASTE.

Laïus n'eſt point vengé, ce ſeroit là la cauſe
Qui nous rend le Deſtin contraire en toute choſe.
Tant de malheurs depuis ont accablé ces lieux,
Qu'on n'a pu le venger & ſatisfaire aux Dieux.
Je ſçais que la vengeance eſt juſte & neceſſaire ;
Si jamais votre ſoin pût m'être ſalutaire,
Tireſie, achevez, & forcez le Deſtin
De nous dire où l'on peut trouver cet Aſſaſſin,
Quel il eſt, & ſon nom, en quels lieux il réſide ;
J'irai, j'irai moi-même au cœur de ce perfide
Porter des coups certains qui nous garantiront,
Et qui plairont au Sort & le ſatisferont.
Mais je vouloſs encor vous faire une priere,
C

C'est pour une autre fois, puisqu'il est necessaire
Que par tous nos devoirs ce projet ordonné,
Avant tout autre soin, soit par nous terminé.

TIRESIE.

Madame, pour hâter une action si sage,
Je vais donner mes soins, & tout mettre en usage,
Et, si je puis bientôt l'obtenir du Destin,
Vous sçaurez sur le champ le nom de l'Assassin.

OEDIPE.

Allez, grand Tiresie, & si sur ma naissance
Vous me pouvez aider de quelque connoissance,
Je vous prirai pour lors de consulter les Dieux ;
Allez, & revenez au plûtôt dans ces lieux.

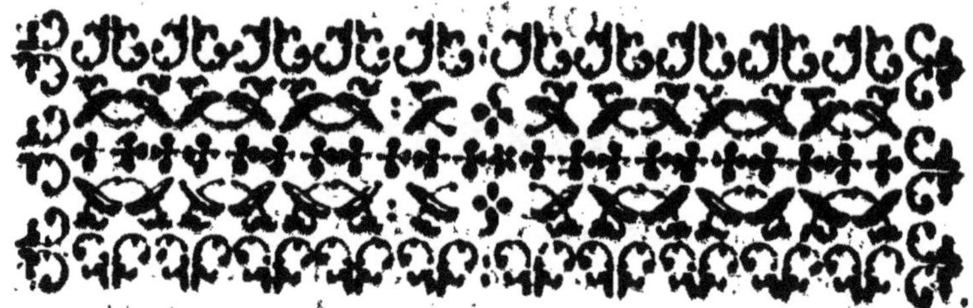

ACTE III.

SCENE PREMIERE.

OEDIPE, JOCASTE, Suite.

OEDIPE.

MADAME, sçavez-vous ce que je
                viens d'apprendre
De Megaste, qui doit auprès de nous
                le rendre,
L'Assassin de Laïus respire en votre Cour,
Le perfide vous parle & vous suit chaque jour.
Il compte le trouver, & si j'en crois son zele,
Il nous viendra bientôt en dire la nouvelle.

JOCASTE.

Ah! Seigneur, plaise aux Dieux qu'on puisse le
                        (trouver,
Plaise aux Dieux, perissant, qu'il puisse nous
                        (sauver,

OEDIPE.

Eh pouvez-vous douter, s'il est en ma puissance,
Qu'il n'éprouve dabord ma plus grande vengeance,
Et que, Laïus vengé, nos rigoureux tourmens
Ne calment du Destin tous les ressentimens.
Vous cedez à l'augure, alors qu'il vous menace,
Le rejetterez-vous, alors qu'il vous fait grace ?
Le trépas de Laïus n'a point été vengé ;
Le devoir là-dessus fut par vous negligé :
Il va l'être à la fin, je nâge dans la joïe,
Je brûle de tenir une si grande proïe.
Si je puis procurer le salut des Thébains,
Le Sphinx, l'horrible Sphinx a peri par mes mains,
Si je perds l'Assassin ce Monstre si funeste,
Si je puis garantir ce Païs de la peste,
Et pour Jocaste enfin ramener le repos,
Je suis le plus heureux, le plus grand des Heros.
Mais quoi cet Assassin, Madame, quand je songe
En quel tranquile état son audace le plonge,
Je ne puis concevoir ce qu'il fait en ces lieux ;
Un perfide pressé de remords furieux
Peut-il ainsi choisir, bien loin de disparoître,
Des lieux, où tant de gens peuvent le reconnoître ?
Car je crois, quand Laïus perdit ainsi le jour,
Qu'il étoit lors suivi de plusieurs de sa Cour.

JOCASTE.

Non, quatre seulement accompagnoient ce Prince,
Pour de grands interêts il quittoit sa Province ;
Il vouloit consulter Apollon sur son fils,
Pour qui tant de malheurs avoient été prédits,
Il couroit un bruit sourd qu'il étoit plein de vie ;
Il voulut prévenir sa lâche perfidie.

Il consulta l'Oracle ; instruit de l'avenir
Il partit, près de nous il alloit revenir :
Mais son malheur voulut qu'auprès de la Phocide,
Seigneur, il rencontrât ce cruel patricide.

OEDIPE.

Auprès de la Phocide ! Ah je me ressouviens
D'un grand fait, mais alors le plus hardi des miens,
Qu'en ces lieux je tentai, que j'achevai de forte
Qu'il m'en revient encore une idée assez forte.
Mais depuis ce tems-là, tant de nouveaux exploits
Ont signalé mon bras à differentes fois,
Par tant de grands succès je dois tant à la gloire,
Que celui-là sortoit presque de ma memoire.
Il est fort peu d'endroits qui touchent ce Païs
De ma rare valeur qui ne sçachent le prix.
Mais de ces quatre Grands ne revint-il personne ?

JOCASTE.

Non, personne, Seigneur.

OEDIPE.

                C'est là ce qui m'étonne.
Quatre hommes de valeur, d'élite aparemment,
Auroient peri tous quatre en cet évenement,
Ils étoient donc plusieurs....?

JOCASTE.

                Seigneur, c'est ce qu'encore
Malgré les plus grands soins toujours Jocaste ignore.
Mais je donnai par tout des ordres très pressans
Pour qu'on eût à chercher ces lâches, ces brigands,

Je ne sçais pas comment il faut qu'on les ap-
(pelle,
Je n'en ai point encor eu la moindre nouvelle.
J'avois de même écrit aux Princes mes voisins,
Les priant d'arrêter ces cruels Assassins.
Mais j'ai depuis cessé de si justes poursuites,
Nos malheurs, les Destins, nos disgraces prédi-
(tes........

OEDIPE.

Hé bien quand nous aurons le principal d'entr'eux,
Celui qui de Laïus fit l'homicide affreux,
Megaste dit déjà qu'il est encor en vie,
Le reste se pourra sçavoir par Tiresie.
Nous verrons ; éclaircis enfin de ce secret,
Laïus sera vengé, le Destin satisfait.
Mais vous allez vous-même être bientôt contente,
Le grand Prêtre & Créon vont remplir votre at-
(tente.

SCENE II.

OEDIPE, JOCASTE, CREON, TIRESIE, Suite.

CREON.

Madame, des grands soins que Tiresie a
pris
Mes yeux sont les témoins, vous en verrez le
(prix,
Il n'a pas vainement emploïé sa science,
Il a de quoi répondre à votre impatience.

JOCASTE.

Tiresie, avez-vous fait auprès des Destins
Quelque chose d'utile à nos pieux desseins ?

TIRESIE.

Oüi, Madame, le Sort ne m'est plus si contraire
Enfin il a daigné parler à ma priere.
Je ne vous dirai point ce qu'il m'en a coûté
Pour fléchir sa rigueur, forcer sa volonté.
Cet œuvre a commencé par un grand sacrifice :
Mais bien loin de le rendre à mes desirs propice,
Du plus profond de l'antre un murmure confus,
Un bruit affreux d'abord annonçoit ses refus.
J'ai redoublé mes vœux ainsi que mes offrandes
Pour donner plus de poids à mes justes demandes:
Refusant de répondre une seconde fois,
Il sembloit s'indigner des soins que je prenois.
J'ai vu de son courroux tant de marques terribles,
La Victime à l'Autel, les entrailles horribles,
Le cœur flétri partout, le sang presque gelé,
De ses vaisseaux encor il n'avoit point coulé.
Enfin piqué de voir toute chose contraire,
J'ose adresser au Sort ce discours temeraire.
Pourquoi dans le moment que je viens à l'Autel,
Impitoïable Sort, m'êtes-vous si cruel ?
Je vous offre souvent d'assez beaux sacrifices,
Pour ne meriter pas ces trop cruels auspices,
Et crois sans me flatter que mon soin, mon respect,
Qu'enfin rien ne vous peut être de moi suspect.
Vous parûtes content cent fois de la maniere
Dont j'exerçois pour vous mon sacré ministere.
Aujourd'hui cependant quel est donc mon malheur?
Vous méprisez mes dons & celui de mon cœur.

J'ai tenté quelquefois d'en pénetrer la cause,
Quel sujet malheureux ainsi vous indispose.
Vous me dites un jour, & j'en fus affligé,
Je ne répondrai plus si Laïus n'est vengé.
Qui donc m'amene ici, si ce n'est l'esperance
Etant instruit par vous d'en hâter la vengeance ?
Daignez donc déclarer quel est son Assassin ;
Daignez donc m'en donner un signe assez certain,
Pour qu'aussi-tôt je puisse en informer la Reine,
Faire que sa recherche enfin ne soit pas vaine,
Que livrant le perfide aux plus barbares coups,
Elle ait la joïe au moins de venger son époux.
On le doit aux vertus qui brillent tant en elle.
A son respect pour vous, à son devoir fidelle,
A peine est-il un jour qu'on ne puisse la voir
Venir, & reconnoître ici votre pouvoir.
Votre cruel refus d'écouter ses demandes
N'a point diminué le prix de ses offrandes,
Elle vous offre un cœur tendre & respectueux.
C'est risquer d'effraïer les mortels vertueux,
Si dès vœux si pressans, si cette Reine auguste
Par moi n'obtient de vous une grace si juste,
De vous la demander elle m'a fait la loi,
Je la demande donc & pour elle & pour moi.
Si vous nous refusez, souffrez que je vous quitte ;
Que me sert ma faveur quand elle est si petite !
Qui voudra près de vous m'emploïer déformais ?
Parlez donc, ou je dois vous quitter à jamais.
A ces mots un grand bruit, mais d'un plus doux
(augure,
Non plus comme autrefois un odieux murmure,
Partout s'est fait entendre, & j'ai sçu du Des-
(tin
Qu'il vouloit bien parler & me répondre enfin.
„ Cherche cet Assassin, dès que tu le verras,
„ Le Sort le veut ainsi, tu le reconnoîtras.

„ Alors ſur l'hymen de ta Reine,
„ Sur les parens de ſon mari,
„ Tu pourras décider ſans peine,
„ Quand l'Aſſaſſin aura peri.

OEDIPE.

Cet Oracle eſt obſcur, ou plûtôt, à vrai dire,
Il ne nous apprendra rien de ce qu'on déſire :
Mais je puis vous aider à le mettre en ſon jour ;
L'Aſſaſſin de Laïus demeure en cette Cour.

TIRESIE.

Pour ſçavoir quel il eſt j'en aurai moins de peine!
Mais quel ſaiſiſſement, ou quelle horreur m'en-
(traine !
Je vois par mes tranſports, par tous mes mouve-
(mens,
Que je vais le connoître avant quelques momens.

JOCASTE.

Hâtez-vous, Tireſie, ah ! Grands Dieux , que je
(ſçache
Où ce lâche Aſſaſſin , ce perfide ſe cache.

TIRESIE.

La fureur me ſaiſit. Vous ſerez éclairci ,
Seigneur, & vous Madame ..... Il n'eſt pas loin
(d'ici.
Quel eſt mon trouble alors que je vous enviſage ?
C'eſt aſſez, le Deſtin n'en veut pas davantage.
Mortels infortunez, commencez à trembler,
Craignez, craignez le Sort, il s'aprête à parler.

Pour de si grands secrets les Mortels sont propha-
(nes ;
Il ne veut seulément qu'emprunter leurs organes.
Je sens que le Destin vient s'emparer de moi ,
Tremblez tous devant lui , gardez un saint effroi:
Je vais vous annoncer la nouvelle terrible
Qui.... Sort trop rigoureux ! Non , il est impos-
(sible....
Un des trois.... C'est le Roy qu'il vient de m'in-
(diquer ....
Vous sçaurez quel il est ..... Je n'ose m'expliquer.

JOCASTE.

Tiresie , achevez.

TIRESIE.

C'est....

OEDIPE.

Tirez nous de peine,
Un Roi vous le demande ,. & l'espoir de la Rei-
(ne .....

TIRESIE.

Helas ce grand espoir sera bientôt trompé;
Du plus extrême ennui son cœur sera frapé;
Je crains ......

JOCASTE.

Ne craignez rien , illustre Tiresie ;
Et veüillez expliquer l'Oracle, je vous prie.

Hâtez-vous de livrer ce perfide Assassin,
Qu'il perisse aussi-tôt, c'est l'ordre du Destin.

CREON.

Je ne vois pas pourquoi Tiresie ose feindre,
Qu'il parle, tous les trois nous n'avons rien à crain-
(dre.

OEDIPE.

Pourquoi refusés-tu de remplir mes souhaits ?
Parle, ou de mon courroux crains les justes effets.

TIRESIE.

Non, je ferai bien mieux de celer ce mystere.

OEDIPE.

Je le veux.

TIRESIE.

De sortir.

OEDIPE.

Prens garde.

TIRESIE.

Et de me taire.

OEDIPE.

Non.

TIRESIE.

Le Sort me défend : . . . .

OEDIPE.

Obéis à mes loix.

TIRESIE.

Vous le voulez, Seigneur, c'est . . . .

OEDIPE.

Parle.

TIRESIE.

Un de vous trois.

SCÈNE III.

OEDIPE, JOCASTE, CRÉON, Suite.

OEDIPE.

Madame, un de nous trois ? Quelle lâche
        imposture !
Je vous l'avois bien dit que dans cette avanture,
Si nous n'y prenions garde, un perfide affronteur..

JOCASTE.

Le grand Prêtre n'est point, Seigneur, un impos-
                                (teur.

OEDIPE.

Quoi, vous prétendriez qu'un de nous trois, Ma-
                                (dame,
Auroit du grand Laïus commis le meurtre infame ?

JOCASTE.

Il pourroit être un sens en tout ce qu'il a dit
Autre, que le premier qui se montre à l'esprit.

OEDIPE.

S'il peut en quelque chose être si veritable,
Madame, dites donc qui des trois est coupable.
Ce n'est point vous, Madame, & vos rares vertus
Vous mettent à couvert de soupçon là-dessus.

Pour moi qui n'ai jamais rien fait que pour la gloi-
(re,

On ne peut m'accuſer d'une action ſi noire.
Créon, qu'en dites-vous ? Si c'eſt un de nous
(trois,
Vous êtes l'Aſſaſſin du dernier de vos Rois.

CRÉON.

Moi, Seigneur !

OEDIPE.

Vous venez d'entendre ici vous-même
Votre arrêt prononcé par un ordre ſuprême.
Le Deſtin vous condamne, & le fait devant
(nous,
Vous, qui craignez les Dieux, en appellerez-
(vous ?

CRÉON.

Si les Dieux ont beſoin de Créon, de ma vie,
Pour appaiſer les maux que ſouffre ma Patrie,
Je n'appellerai point de leur moindre deſir,
Et leur ſacrifirai mes jours avec plaiſir.
Mais il ne s'agit point ici de ſacrifice ;
C'eſt un crime, un forfait qu'ils veulent qu'on pu-
(niſſe ;
Et l'imputer à moi, c'eſt ſe défendre mal,
Quand peut-être on s'en fait un reproche fatal.

OEDIPE,

Inſolent, penſes-tu que ta perfide envie
Puiſſe rien retrancher à l'éclat de ma vie ?

Oses-tu m'accuser ?.....

CRE'ON.

Non. Mais ce sont les Dieux,
Qui se font contre vous déclarez en ces lieux.

OEDIPE.

Ah! ton ambition ne sçait que trop paroître.
Au Trône avec chagrin tu voïois ton vrai Maître ;
Tu voulois aux dépens de tout, & de son sang,
Usurper cette place, & te mettre en son rang.
Tu l'aurois déja fait, si mon heureuse adresse
N'eût prévenu les traits de ta fureur traîtresse,
Tu ne l'as point tué, toi de ta propre main,
Mais tu subornas, lâche, un infâme Assassin.

CRE'ON.

On sçait bien qui je suis, j'ignore qui vous êtes,
On ne m'accuse point de ces trames secrettes.
Mais vous, dont la valeur est rare assurément,
Qui portâtes partout l'audace impunément,
Sans vouloir vous charger du fatal nom de traî-
(tre,
Ne l'auriez-vous point pû tuer sans le connoî-
(tre ?

OEDIPE.

Perfide, je t'entens ; penses-tu que jamais
Mon cœur puisse donner dans tes pieges secrets ?
Madame, enfin les Dieux veulent que je m'expli-
(que,
Abandonnez ce traître à la fureur publique ;

Ne cherchez point ailleurs l'Aſſaſſin de Laïus,
Si Créon ne perit, nous ſommes tous perdus.

JOCASTE.

Ne précipitons rien; avant que de le faire,
Il faut que Tireſie éclairciſſe un myſtere,
Qui par l'obſcurité, les doutes qu'il produit,
S'il n'eſt mieux entendu, peut demeurer ſans fruit.
Allez, Créon, allez, & voïez Tireſie,
Preſſez-le d'expliquer toute ſa Prophetie,
Ou plûtôt avec vous ramenez-le en ces lieux;
Nous ſerons prêts tous trois de ſatisfaire aux Dieux.

ACTE IV.

SCENE PREMIERE.

OEDIPE, NEBIS, Suite.

OEDIPE.

EN attendant qu'ici je puisse voir Me-
  gaste,
Nebis, toi qui connois le frere de Jo-
  caste,
Ne me diras-tu point, s'il merite à bon droit
L'amitié des Thebains, l'estime où l'on le voit ?

NEBIS.

Seigneur, ce Prince est grand, & juste, & magna-
      (nime,
A bon droit des Thebains il s'est acquis l'estime.
Ses solides vertus ont toujours éclaté,
Et rien n'en a jamais pû ternir la beauté.

OEDIPE.

Cependant ce Créon picqué de jalousie
En veut à ma Couronne, il en veut à ma vie.
         NEBIS,

NEBIS.

Lui ! Seigneur.

OEDIPE.

D'un soupçon, qui blesse mon honneur,
Avec soin, avec art il fomente l'aigreur.
Le Destin, de Laïus qui prescrit la vengeance.
Pour nommer l'Assassin est encor en balance.
On sçait bien quel il est ; on le connoît, dit-on.
Le grand Prêtre a parlé : C'est OEdipe ou Cré-
(on.
Ce meurtre de mes mains ne fut jamais l'ouvra-
(ge ;
Ce Créon, aujourd'hui que tu dépeins si sage,
Voudroit m'en accuser, croit que j'en suis l'au-
(teur,
Dois-je donc l'imputer à l'effet de sa peur,
Ou, son ambition se trouvant la plus forte,
Croire que contre moi la haine le transporte ?

NEBIS.

Je sçais, après les Dieux, qu'il n'est rien, croïez-
(moi,
Plus que le grand Créon qui merite la foi.

OEDIPE.

Quoi veux-tu donc aussi que je sois le coupable ?

NEBIS.

M'en préserve le Ciel, je vous crois incapable.....
D

OEDIPE.

On me veut accuser du plus grand des forfaits ;
Et le Ciel m'est témoin que je n'en fis jamais.
Par un honteux soupçon mes courses terminées... ;
Mais nous allons enfin sçavoir nos destinées...
Le grand Prêtre paroît, & Créon avec lui.

SCENE II.

OEDIPE, CRÉON, TIRESIE, Suite.

OEDIPE.

HE bien le Sort va-t-il s'expliquer aujourd'hui ?
Apportez-vous l'arrêt ou de mort ou de vie ?
Vous serez écouté. Parléz donc, Tiresie.

CRÉON.

Ce Ministre sacré, devant que de venir ;
A pris l'ordre du Sort qu'il vient d'entretenir.

TIRESIE.

Avant que de parler ; avertissez la Reine
Que je ne dirai rien sans elle, & qu'elle vienne.

OEDIPE.

Vous venez de parler au Sort, mais à present :
Est-il à vos desirs un peu plus complaisant ?

A'vez-vous pu tirer de cet antre magique
Des accens clairs & nets, une voix qui s'explique ?
Eſt-ce encor ou Créon, ou Jocaſte, ou bien moi,
Que menace à preſent ſa trop funeſte loi ?

CRE'ON.

Si j'oſe en décider par ces marques brillantes,
Qui du Temple ont rendu les beautez éclatantes ;
Jamais le Sort encor ne s'eſt montré plus doux,
Nous pouvons eſperer la fin de ſon courroux.
Mais la Reine s'avance.

SCENE III.

ŒDIPE, JOCASTE, CRE'ON TIRESIE, Suite.

JOCASTE.

ALLEZ, qu'on ſe retire.
Hé bien, tout eſt-il prêt pour ce que je deſire ?

TIRESIE.

Madame, tout répond à vos juſtes deſirs.
Le Sort reçoit enfin vos vœux & vos ſoupirs.
Le ſalut des Thebains autant que vous le touche ;
Son ordre & leurs malheurs me vont ouvrir la bou-
                                        (che.
A peine dans le Temple ai-je été de retour,
Que des ſignes heureux m'ont fait voir tour à
                                        tour,

Que le Destin m'alloit devenir favorable,
Et qu'il pourroit trouver mon offrande agréable.
Mes vœux offerts, j'ai vu pénétrant plus avant,
Que je m'étois flatté d'un espoir décevant.
Là je n'ai plus trouvé de signe salutaire,
Rien de doux, rien d'heureux ; tout m'a paru con-
         (traire.
De mots entremélez de plaintes, de douleurs
J'ai retenu : Thebains, nous plaignons vos mal-
         (heurs.
J'ai pressé le Destin de parler, de m'apprendre
Tout ce que de sa part je dois vous faire entendre ;
Mais j'ai craint ses refus, son silence obstiné.
Enfin à me parler il s'est déterminé.
 ,, Du Sang Roïal le dernier va perir,
 ,, De lui-même à la mort l'Assassin va s'offrir.
 ,, Nommes le hardiment ; n'épargne point ta
   Reine,
 ,, Son malheur est si grand, que sa perte est cer-
   taine.
Thebains, je vous répond que cessera la peste,
Dès qu'on aura rempli cet augure funeste.

OEDIPE.

Ce n'est donc plus, Madame, OEdipe, ni Créon,
Sur qui de ce malheur doit tomber le soupçon.
On l'impute à Jocaste, & c'est elle.... Perfide,
Oses-tu te charger d'un si noir parricide ?
D'un Augure insolent, encor plus odieux,
Tu viens assassiner mon épouse à mes yeux ;
Et tu crois, que du Sort tremblant à la menaçe,
Je puisse supporter ta détestable audace ?
Traitre, crains ma fureur.

TIRESIE.

     Je ne crains point la mort,
Et je ne parle ici que par l'ordre du Sort.

Jocaste, le Destin inspire son grand Prêtre,
Quitte là ton époux trop indigne de l'être ;
De tous ceux, qui pouvoient à ta main aspirer,
Et je sçais bien pourquoi je t'en puis assûrer,
Celui qui meritoit le moins ce bien suprême,
Est celui justement qui tient le Diadême.

JOCASTE.

Ah Sort ! n'outrage point un malheureux époux,
Il ignore s'il a merité ton courroux.
Sois content de juger son épouse coupable,
De la voir si soumise à ta loi respectable,
Qu'elle remet d'abord sa vie entre tes mains,
Si de sa mort dépend le salut des Thebains.

CRE'ON.

D'une si belle mort Thebe ne peut attendre
Le service important, que vous voulez lui rendre.
  ,, Du Sang Royal le dernier va perir,
Je le suis ce dernier, c'est à moi de mourir.

OEDIPE.

Oüi c'est à toi, perfide, & ta fureur impie.
Aux plus affreux tourmens a condamné ta vie.
  ,, De lui-même à la mort l'Assassin va s'offrir.
Tu l'as fait, il est juste, oüi Créon doit perir.

CRE'ON.

Je ne perirai point chargé d'un crime infâme ;
J'ai jusqu'ici vécu sans reproche, sans blâme.
Je veux bien m'immoler au bien de mon Païs,
Mais non pas expier des crimes inouïs.

OEDIPE.

C'eſt toi ſuivant le ſort qui te montre coupable ,
Tu te dis de Laïus l'Aſſaſſin veritable.
Jocaſte ne doit point perir pour tes forfaits ,
Et le Deſtin pour elle eſt injuſte à l'excès.

TIRESIE.

Le Sort n'ordonne point que Jocaſte périſſe ,
Il daigne agir pour elle avec plus de juſtice.
Il la plaint ſeulement des tourmens rigoureux ,
Où d'un fatal hymen l'ont engagé les nœuds.
Jocaſte , encor un coup la chaine qui t'attache
Te livre à bien des maux que ta vertu te cache.
Romps ce funeſte hymen , il en eſt tems enfin ,
Puiſque du grand Laïus OEdipe eſt l'Aſſaſſin.

OEDIPE.

Ah lâche , ton diſcours ne ſçauroit me ſurprendre.
Je ne crains point le Sort , je ne veux point t'enten-
(dre.
Je n'examine point ſi ce cruel ſoupçon
Eſt ton indigne ouvrage , ou celui de Créon ;
Mais je ſçais que le crime eſt tout imaginaire ;
Ou donne moi , perfide , une preuve aſſez claire
Pour ne pouvoir douter un moment que c'eſt moi ,
Soit hazard , ſoit deſſein , qui tuai le feu Roi ,
Ou ſonge que tu dois à ta ſeule baſſeſſe
Le bonheur d'éviter ma fureur vengereſſe.
Celui , dont tu te dis le Miniſtre ſacré ,
Le Sort, qui contre moi t'a ſi mal inſpiré ,
N'en recevra jamais de moi d'autre ſalaire ,
Que celui du mépris contre tant de colere.

Je veux bien moderer tous mes ressentimens ;
Si j'en croïois pourtant leurs justes mouvemens,
Aux pieds de ses Autels, de ce Sort qui m'offense,
J'irois, j'irois punir la coupable arrogance,
Et suivant les transports de mon cœur outragé,
Pour Victime il verroit son grand Prêtre egorgé.

JOCASTE.

Seigneur, de vos transports quelle est la violen-
(ce ?
Craignez, craignez les Dieux, redoutéz leur ven-
(geance.

OEDIPE.

Je ne crains point les Dieux, quand leur iniquité
Au-delà de l'excès porte la cruauté.
S'ils sont fourbes, méchans, s'ils sont cruels, im-
(pies,
Ils ont la foudre en main, qu'ils prennent donc nos
(vies ;
Mais qu'un forfait s'annonce, & me soit imputé,
Ces Protecteurs, dit-on, de la même équité
L'outragent pour me perdre, & leur cruelle adresse
De ma crédulité, plûtôt de ma foiblesse
Abuse, pour donner du poids aux loix du Sort.
Thebains, vous perdriez tout le fruit de ma mort.
Vous sçavez, comme moi, que dans tous ses Au
(gures,
Qui ne disent jamais que des choses obscures,
Sa loi, loin d'éclairer ceux qui le font parler,
Par ses termes confus ne sert qu'à les troubler.
Vengeons-nous de ces Dieux, ces Dieux impi-
(toïables,
Qui ne peuvent pour nous devenir secourables,

Dont la haine se plaît d'exercer son pouvoir
Sur les foibles mortels réduits au désespoir.
Mais voïons. Vous , veüillez m'accompagner, Jo-
(caste ,

Je veux devant vous-même entretenir Megaste ;
Il m'a dit, il soutient connoître l'Assassin ,
Faisons-lui devant nous déclarer tout enfin.
Je le puis esperer de sa foi , de son zele.
Nous n'avons point ici de sujet plus fidele.
S'il ne peut éclaircir cet Oracle trompeur ;
Je sçaurai , s'il le faut , mourir avec honneur.

SCENE IV.

CRE'ON, TIRESIE.

TIRESIE.

IL est trop vrai , Seigneur, OEdipe a fait le cri-
    me ,
Et c'est lui que le Sort demande pour victime.

CRE'ON.

Dès que le Sort l'a dit , je n'en sçaurois douter.
Mais vous voyez combien il ose resister.
Un grand Heros a peine à s'avoüer coupable ;
Et même son refus ne seroit point blâmable,
S'il demandoit par grace au suprême Pouvoir
Des éclaircissemens sur ce qu'il faut sçavoir.

TIRESIE.

Je vois bien qu'il ne faut rien attendre d'Oedipe
Qui n'ait l'honneur pour but , la gloire pour prin-
(cipe.
Forçons-le

Forçons-le d'avoüer son crime ou son malheur,
Les Dieux & les Destins n'ont point touché son
(cœur,
Evoquons des Enfers quelqu'ombre favorable,
Qui puisse ouvrir les yeux à ce Roi déplorable,
Créon m'avoüra-t-il de ce juste dessein ?

CREON.

Faites tout ce qu'il faut pour le Peuple Thebain,
Le peril est pressant, le sort fait voir sa haine,
Il faut pour l'appaiser une victime humaine.
Oedipe doit perir, je le vois à regret,
Mais je sçais que, s'il meurt, le Sort est satisfait.

TIRESIE.

Seigneur, il faut du Sort appaiser la justice ;
Il faut du sang humain, & qu'Oedipe perisse ;
Il devroit de son gré courir vers le trépas :
Mais sans de grands efforts nous ne l'obtiendrons
(pas.
Ne soyez point surpris, Dieux puissans, si mon
(zele,
Prend aujourd'hui pour vous une route nouvelle ;
C'est votre interét seul qui dicte ce projet.
Et quoique Tiresie en fremisse en secret,
Confus de voir vos Loix trop foibles de son aide,
Il est contraint ailleurs d'y chercher du remede.
O vous, que j'apprehende, Hôtes du noir sé-
(jour,
Permettez que mes cris penetrent votre Cour,
Je sçais à quels perils ma demande m'expose,
Je n'en puis, sans trembler, attendre quelque chose,
Je sçais assez quel est votre fatal pouvoir,
Je sçais qu'on ne sçauroit impunément vous voir ;

E

Que vous traînez toujours par tout à votre suite
Le desordre, l'erreur, la vengeance illicite,
La fureur insensée, un plein égarement,
Qu'attendrai-je de vous en ce triste moment ?
Mais les Dieux ont envain voulu se faire entendre,
Un mortel endurci ne sçauroit les comprendre.
Oedipe qui tua le grand Roy des Thebains,
A traité d'imposteurs les Dieux & les Destins,
Qui de Laïus meurtri prescrivoient la vengeance,
J'ai, pour les faire croire, employé ma science ;
Mais envain, ce Monarque irrité contre moi,
M'a toujours menacé de là fureur d'un Roi.
Enfin votre secours m'est ici necessaire,
Veuillez, daignez choisir une ombre salutaire ;
Et qui par ses conseils ou par autorité,
Puisse soumettre aux Dieux son cœur, sa volonté.
Faites paroître ici l'Ombre de Laïus même,
Avec tous les atours dignes du diadême :
C'est lui qu'il faut venger, & lorsqu'il parlera
Plus aisément que nous, Oedipe le croira.
Cette Ombre ne sçauroit qu'aider cette entreprise,
Quand le salut des siens ne veut plus de remise.
Ombre, préparez-vous, & rendez-nous contens,
Je vous avertirai, quand il en sera tems,
Oüi Laïus sortira de sa demeure sombre,
Ce que n'ont pû les Dieux, se fera par une Ombre,
Esperons tout enfin, Laiüs sera vengé,
Son assassin puni, l'Empire soulagé.
Mais je dois informer mon redoutable Maître,
De ce que pour lui plaire a tenté son grand Prêtre,
Je vous laisse, Seigneur, & vais à nos Autels,
Pour Jocaste & Creon prier les Immortels.

CREON.

Je vous suis, & me veux rendre auprès de Jocaste,
Apprendre ce qu'Oedipe aura sçu de Megaste,

ACTE V.

SCENE PREMIERE.

OEDIPE, MEGASTE,

OEDIPE.

LEs Dieux font trop cruels. Megaste ;
    approche ici ;
J'ai dédaigné par eux de me voir éclairci.
Je ferai plus content, fi par toi je puis
    l'étre.
Ai-je tué Laïus ? Ne fuis-je donc qu'un traî-
                        (tre ,
Un perfide affaffin, un lâche, un malheureux ?
Megaste, ah ! tire-moi de ces doutes affreux.

MEGASTE.

Je ne vous dirai point qu'Oedipe eft parricide ;
Je fçais qu'en votre Cour le Meurtrier refide ;
C'eft tout jufques ici ce que j'ai pû fçavoir.

OEDIPE.

Impitoyable Sort, quel eft votre pouvoir !

Ma disgrace, à tel point, m'intimide & m'étonne
Que je n'écoute rien, que je n'entens personne.
Le Ciel & le Destin tour à tour indignez,
Paroissent contre moi furieux, forcenez.
Je cede aux durs efforts d'une occulte Puissance,
Ne puis-je encor, Megaste, avoir quelqu'espe-
                                        (rance ?

MEGASTE,

Votre espoir est en vous, & dans votre valeur,
Ne pouvez-vous l'armer contre votre malheur ?

OEDIPE.

Je le devrois, je vois ce qui m'est necessaire ;
Mais le Ciel & le Sort m'empêchent de le faire,

MEGASTE,

Vos vertus sont à vous, n'en pouvez-vous user ?
Faut-il l'ordre des Dieux, avant que de l'oser ?
Est-ce Oedipe qui parle ?

OEDIPE,

                    Ami, pourras-tu croire
Que de tant de vertus, de valeur & de gloire,
Il ne me reste plus qu'un triste souvenir ?
Je les eus ces vertus, je ne m'en puis servir ;
On m'impute un forfait, un funeste homicide
Laïus est mort, c'est moi qui suis le parricide.
Le Grand Prêtre animé par Créon contre moi,
Et même en ma presence, en accuse son Roi.
Créon est reconnu des hommes le plus sage,
Tiresie en ces lieux passe pour un grand Mage ;

L'un & l'autre eſt aimé, craint, partout reſpecté ;
Par-là de me braver ont-ils la liberté ?
Ils le ſont, je le ſouffre, on m'annonce un augure,
Dont je ſens bien pourtant l'horrreur & l'impoſ-
          (ture,
Enfin, ſi l'on les croit, ce meurtre m'appartient,
Le Prêtre le publie, & Créon le ſoutient.
Immobile, confus, ſans force, ſans courage,
Eſt-ce Oedipe qu'on bleſſe ? eſt-ce moi qu'on ou-
          (trage ?
Que n'ai-je dans le ſang de ces deux ennemis,
Mais ſur le champ, lavé ces affronts inoüis ;
Ces affronts trop ſanglans, inoüis pour Oedipe ;
Dont la haute impoſture eſt l'unique principe ?
Hola, Gardes, allez ; qu'on arrête Créon,
Que Tireſie auſſi ſoit mis dans la priſon,
Tirez l'un de la Cour, tirez l'autre du Temple,
Je veux de tous les deux que l'on faſſe un exemple ;
Un exemple terrible ; & que, qui regnera ;
S'il en connoit bien l'art, ſans doute approuvera.
Sauvons, ſauvons nos jours, le crime n'eſt plus
          (crime,
Quand il punit, Megaſte, un acte illegitime.
La vertu peut parer un accident mortel,
Et par neceſſité l'on peut être cruel.
Mais perſonne ne vient. Eſtes-vous immobiles ;
Gardes, eh quoi mes cris ſont encore inutiles ?

SCENE II.

OEDIPE, JOCASTE, CREON, suite.

OEDIPE.

AH ! Madame, est-ce vous ? Quoi ! Créon suit
        vos pas.
Ah lâche, ma fureur te doit un prompt trépas.

CRE'ON.

Ma mort ne peut causer par un secours utile
La guerison des maux qui ravagent la Ville.

OEDIPE.

Mais elle peut punir ta rage contre moi.
Tu t'oses, inhumain, attaquer à ton Roi.
Ah, Prince malheureux ! Créon & Tiresie,
L'un & l'autre est d'accord pour attaquer ma vie.

JOCASTE.

Mais, Seigneur, quand le Sort....

OEDIPE.

                Eh, Madame, le Sort !
Eh ! quoi Jocaste aussi, veut conspirer ma mort ?
A ces lâches desseins elle veut condescendre ?....
Mais quelle triste voix vient de se faire entendre ?

Quelle lugubre plainte .... Encore un coup par-
(tez,
Gardes, obéïffez, fuivez mes volontez;
Qu'on aille au Temple. Mais cette voix recom-
(mence,
Qui parle ? Ne peut-il venir en ma préfence ?
Gardes, fuivez mes Loix, qu'on leur donne des
(fers.

SCENE III.

OEDIPE, JOCASTE, CREON, L'OMBRE DE LAIUS.

L'OMBRE DE LAIUS.

JE me trouve contraint de fortir des Enfers,
Barbare, je te vois, infâme parricide,
Tu m'as donné la mort auprès de la Phocide.

OEDIPE.

Ombre, fauve ma gloire au moins, & fouviens-toi
Que je ne fçavois pas que j'attaquoi un Roi.
Oüi, je te reconnois. Dans un étroit paffage,
Tu voulus l'emporter, & forcer mon courage
A te ceder l'honneur, le pas qui t'étoi t dûs;
Perfonne ne me dit que tu fuffes Laïus.
Seul, quoique je le vis accompagné de quatre,
Je m'avançai vers eux, & j'ofai le combatre.
Je fuis un parricide, il eft vrai, je le voi,
Puifque j'ofai porter mes coups fur un grand Roi;
Mais le titre d'infâme, à quel titre toi-même,
Peux-tu donc outrager ma vaillance fuprême

Les Dieux depuis ta mort ont affligé ces lieux.
Je les ai dédaignez ; ces Dieux, ces justes Dieux,
Je les reconnois tels. La fin de leur vengeance
Dépend de mon respect, de mon obéiſſance.
Ils feront ſatisfaits. ils ordonnent ma mort.
Thebe, tu vas avoir bientôt un autre ſort,
J'ai cauſé tous tes maux, ſans en être coupabe.
Ombre, épargne-moi donc ce titre déteſtable,
Et ſouffre que je puiſſe achever en Heros,
Un projet, qui partout va rendre le repos,
Et dans ces lieux témoins ſi ſouvent de ma gloire,
Que je ne laiſſe pas une indigne memoire.

L'OMBRE DE LAIUS.

Où vas-tu t'égarer, tu m'oſes demander
Ce que certainement on ne peut t'accorder.
Tu veux que l'on t'écoute, & que l'on te pardonne,
Quand d'un autre côté la gloire t'environne.
Que fait-elle à ton crime ? en eſt-il moins commis ?
En ſuis je moins ton pere ? en ès-tu moins mon fils ?
En ès-tu moins l'époux de Jocaſte ta mere ?
En ès-tu moins cruel, perfide, témeraire,
Meurtrier, aſſaſſin, & lâche inceſtueux ?
Quitte ta vanité, tes dehors faſtueux.
Eſperes tu ceſſer d'être en toute la terre,
Un monſtre épouvantable, & digne du tonnerre ?
N'as-tu pas rejetté cent oracles divers ?
Il faut pour te convaincre une Ombre des Enfers.
Rend graces au Deſtin qui veut te faire entendre,
Que pour toi, près de nous, il eſt tems de deſ-
(cendre,

OEDIPE.

Je vois qu'il en eſt tems ; je ſuis trop malheureux ;
Mais je ſuivrai ma gloire en dépit de tes vœux.

Je ne m'immole point au bien de ma patrie,
C'eſt à mon honneur ſeul que je me ſacrifie.
La honte accableroit de ſon plus grand tourment,
Un cœur qui n'en ſentit jamais qu'en ce moment.
Mais je ne la crains plus ni ton cruel reproche,
Ma mort m'en va ſauver, je la ſens qui s'approche.
Qu'on m'emporte.

SCENE IV.

L'OMBRE DE LAIUS, JOCASTE, CREON, ſuite.

JOCASTE.

Laïus, Laïus entends mes cris;
Se pourroit-il, helas ! qu'Oedipe fût mon fils ?

L'OMBRE DE LAIUS.

Tu peux te ſouvenir combien à ſa naiſſance,
Le Deſtin contre lui donna de défiance.
Nous voulumes le perdre, & Phorbas nous trompa,
A ſon malheur preſcrit cet enfant échapa.
Il a vécu depuis en Heros, grand, illuſtre.
A peine achevoit-il ſon quatriéme luſtre,
Que près de la Phocide, il me donna la mort.
Il vint ici, le Sphinx perit ſous ſon effort.
Cette heureuſe victoire eut une recompenſe;
Entre Oedipe & Jocaſte on forma l'alliance.
Par ce funeſte hymen & la mere & le fils,
Pour le malheur de Thebe ainſi furent unis.
Tu ſçais combien depuis la celeſte puiſſance,
T'a fait de ſon courroux ſentir la violence.

Voilà donc pour Laius, pour Jocaste & leur fils,
Les augures parfaits, les oracles remplis,
De-là cesse des Dieux la fureur vengeresse,
Tout est calme partout, déja la peste cesse.
Créon, ô toi qui dois être Roy dans ces lieux,
Songe, pour bien regner, qu'il faut servir les Dieux.

SCENE V.

JOCASTE, CREON, suite.

JOCASTE.

AH! Laïus, attendez mon ame fugitive,
Après ce que je sçais, croyez-vous que je
                                    (vive ?
Je meurs déja d'ennui, de la douleur de voir,
Qu'Oedipe ait avant moi pû faire son devoir.
Je te suivrai de près, Ombre qui me fus chere,
Et je crois te devoir cette preuve sincere ;
Que si ce triste hymen eût dépendu de moi,
Tu ne te plaindrois pas de mon manque de foi.
Mais ma mort pourra-t-elle enfin calmer ma peine,
Je vais trouver là-bas une honte certaine.
Si d'un côté mon fils, si de l'autre Laïus,
Se montrent à mes yeux, & tremblans & confus,
Pourrai-je resister à leur reproche austere ?
Tous les deux mes époux. Ah! que pourrai-je faire?

CREON.

Madame, où vous emporte un premier mouve-
                                    (ment ?
Ah, c'en est trop, perdez ce cruel sentiment ;

Penſez à votre état, penſez à votre gloire,
Que de grands intérêts frappent votre memoire.
Oedipe par ſa mort vous laiſſe de grands ſoins,
Donnez-vous toute entiere au Peuple, à ſes be-
(ſoins.

JOCASTE.

Que me propoſez-vous, quand il faut que je
(meure ?
Epoux, je vais vous joindre en la ſombre demeure:
Dans l'éternelle nuit je vous craindrai tous deux,
Tousdeux, vous me verrez comme un objet affreux.
Mais c'eſt trop balancer, la plainte eſt ſuperfluë,
A qui cherche la mort d'une ame reſoluë.
Prenons, prenons ce fer, couronnons nos mal-
(heurs.
Epoux, je vais vous ſuivre. Ah! c'en eſt fait, je
(meurs.

CREON.

Ah! race infortunée, ô Ciel vengeur & juſte,
Si je me reſſouviens de ta parole auguſte,
Tu veux pour te ſervir, que je regne en ces lieux,
Je ſuis prêt d'obéir, tu fais tout pour le mieux.
Allons voir par de grands & juſtes ſacrifices,
Si les Dieux deſormais nous ſeront plus propices;
Et ſi mes ſoins pourront, à force de vertu,
Rétablir un Etat déja preſque abatu.

FIN.

De l'Imprimerie de PAULUS-DU-MESNIL.

APPROBATION.

J'Ai lû par l'ordre de Monseigneur le Garde des Sceaux, un Manuscrit, qui a pour titre : *Recueil de plusieurs Ouvrages dramatiques.* A Paris ce premier Décembre 1728.

JOLLY.

____

PRIVILEGE DU ROY.

LOUIS, par la Grace de Dieu Roy de France & de Navarre, à nos amez & féaux Conseillers, les Gens tenans nos Cours de Parlement, Maîtres des Requêtes ordinaires de notre Hôtel, Grand Conseil, Prevôt de Paris, Baillifs, Senéchaux, leurs Lieutenans Civils & autres nos Justiciers qu'il appartiendra, SALUT. Notre bien amé le Sieur * * * Nous ayant fait remontrer qu'il souhaiteroit faire imprimer & donner au Public un *Recueil de plusieurs Ouvrages dramatiques,* contenant neuf pieces d'*Oedipe, la Thebaïde aux Enfers, Dom Sebastien, le faux Dom Temicien, les cent Filles de Leon & d'Oviedo, Lyncée, Danaus,* s'il Nous plaisoit lui accorder nos Lettres de Privilege sur ce necessaires ; offrant pour cet effet de le faire imprimer en bon papier & beaux caracteres, suivant la feüille imprimée & attachée pour modele sous le contrescel des Presentes : A CES CAUSES, voulant traiter favorablement ledit Sieur Exposant,

Nous lui avons permis & permettons par ces Presentes de faire imprimer ledit Recueil ci-deſſus ſpecifié, en un ou pluſieurs Volumes, conjointement ou ſéparément, & autant de fois que bon lui ſemblera, ſur papier & caracteres conformes à ladite feüille imprimée & attachée ſous notredit contreſcel, & de le faire vendre & débiter partout notre Royaume, pendant le tems de ſix années conſécutives, à compter du jour de la date deſdites Preſentes: Faiſons défenſes à toutes ſortes de perſonnes de quelque qualité & condition qu'elles ſoient, d'en introduire d'impreſſion étrangere dans aucun lieu de notre obéiſſance, comme auſſi à tous Imprimeurs, Libraires, & autres, d'imprimer, faire imprimer, vendre, faire vendre, débiter, ni contrefaire ledit Recueil ci-deſſus, expoſer en tout ni en partie, ni d'en faire aucuns extraits ſous quelque prétexte que ce ſoit, d'augmentation, correction, changement de Titre, même en feüille ſéparée ou autrement, ſans la permiſſion expreſſe & par écrit dudit Sieur Expoſant, ou de ceux qui auront droit de lui, à peine de confiſcation des Exemplaires contrefaits, de trois mille livres d'amende contre chacun des contrevenans, dont un tiers à Nous, un tiers à l'Hôtel-Dieu de Paris, l'autre tiers audit Sieur Expoſant, & de tous dépens, dommages & interêts; à la charge que ces Preſentes ſeront enregiſtrées tout au long ſur le Regiſtre de la Communauté des Imprimeurs & Libraires de Paris, & ce dans trois mois de la date d'icelles, que l'impreſſion dudit Recueil ſera faite dans notre Royaume & non ailleurs, & que l'Impetrant ſe conformera en tout aux Reglemens de la Librairie, & notamment à celui du 10 Avril 1725, & qu'a-yant que de l'expoſer en vente, le Manuſcrit ou

Imprimé qui aura servi de copie à l'impression
dudit Recueil sera remis dans le même état où
l'approbation y aura été donnée , ès mains de
notre trés-cher & féal Chevalier Garde des Sceaux
de France, le Sieur CHAUVELIN, & qu'il en
sera ensuite remis deux Exemplaires dans notre
Bibliotheque publique, un dans celle de notre
Château du Louvre, & un dans celle de notred.
très-cher & féal Chevalier Garde des Sceaux de
France, le Sieur CHAUVELIN. Le tout à
peine de nullité des Presentes : Du contenu des-
quelles vous mandons & enjoignons de faire joüir
led. Sr. Exposant ou les ayans cause , pleinement
& paisiblement, sans souffrir qu'il leur soit fait aucun
trouble ou empéchement. Voulons que la copie
desdites Presentes , qui sera imprimée tout-au-long
au commencement ou à la fin dudit Ouvrage, soit
tenuë pour duëment signifiée , & qu'aux copies
collationnées par l'un de nos amez & feaux Conseillers & Secretaires, foi soit ajoutée comme à
l'original. Commandons au premier notre Huissier
ou Sergent de faire pour l'execution d'icelles, tous
actes requis & necessaires , sans demander autre
permission, & nonobstant clameur de Haro, Charte
Normande , & Lettres à ce contraires : CAR tel
est notre plaisir. DONNE' à Compiegne le vingt-
troisiéme jour du mois de Juillet , l'An de grace
mil sept cent trente,& de notre Regne le quinziéme.
Par le Roy en son Conseil.

Signé, NOBLET.

*Registré sur le Registre VII. de la Chambre Royale
& Syndicale de la Librairie & Imprimerie de Paris,
n. 620, fol. 578, conformément au Reglement de 1723,
qui fait défenses , Article IV. à toutes personnes de
quelque qualité qu'elles soient , autres que les Libraires*

& Imprimeurs , de vendre , débiter & faire afficher aucuns Livres pour les vendre en leurs noms , soit qu'ils s'en disent les Auteurs ou autrement , & à la charge de fournir les exemplaires prescrits par l'article CVIII. du même Reglement. A Paris le troisiéme Août 1730.

Signé P. A. Le Mercier, *Syndic.*

J'ai cedé & transporté au sieur le Breton, le présent Privilege pour en joüir en mon lieu & place, suivant l'accord fait entre nous. A Paris ce 15 Septembre 1730. P * *.